Ye

25816

ODE

PATRIOTIQUE

SUR

LES ÉVÉNEMENS

DE L'ANNÉE 1792,

DEPUIS LE DIX AOUST,

jusqu'au 13 novembre.

ODE

PATRIOTIQUE

SUR

LES ÉVÉNEMENS

DE L'ANNÉE 1792,

DEPUIS LE DIX AOUST,

jusqu'au 13 novembre.

Par le Citoyen LE BRUN.

Alcæi minaces camænæ.
HORAT.

A PARIS,

DE L'IMPRIMERIE DE DIDOT JEUNE.

1792.

AVERTISSEMENT

DE L'ÉDITEUR.

DANS le choc des passions et des intérêts divers qu'a dû réveiller la Révolution, il est glorieux pour les Muses Françaises, qu'il se trouve parmi les gens-de-lettres un Poète distingué, qui, dans tous les tems de sa vie, ait conservé assez d'indépendance pour se placer naturellement à la hauteur des événemens qui nous entraînent. Le Citoyen *Le Brun*, malgré sa modestie, malgré le soin qu'il apporte à tenir renfermés dans le portefeuille ses ouvrages, fruits d'un goût sévère et d'un loisir studieux, en a cependant laissé échapper assez dans des lectures particulières, pour avoir donné aux amateurs de la poésie la plus haute idée de son patriotisme et de son génie.

Ce sont ces morceaux échappés à l'indiscrétion de l'amitié, et avidement recueillis par les journaux, que nous rassemblons ici à la suite de son ode. Le public sentira quel motif avait l'auteur de lui dérober le secret de ses compositions, jusqu'au moment qui

A iij

délivre enfin les esprits de la servitude des censeurs royaux.

Nous avons vu des Littérateurs écrire en républicains sous le déspotisme, et parler en esclaves sous le règne de la liberté. On verra sans doute avec plaisir un grand poète, fêté même à la cour, affranchissant sa pensée du joug de la servitude, y faire entendre des vérités hardies, les exprimer avec audace, et se trouver au niveau de notre grande et mémorable révolution. *Helvétius* et *Rousseau* sont peut-être les seuls philosophes qui, par leurs ouvrages, y aient le mieux préparé les esprits. Et le Citoyen *Le Brun*, comme poète, est le seul qui ait eu le singulier mérite de l'avoir, pour ainsi dire, prophétisée dans une ode sur les Rois, où l'on remarque cette strophe, imprimée et réimprimée souvent dans les papiers-publics.

Tyrans, les Nations sommeillent.
Ah ! si jamais ils se réveillent
Ces Peuples souverains, détrônés par les Rois !
Si les abus de la puissance
Rendaient à l'homme enfin le premier de ses droits,
La douce et fière indépendance !

ODE

PATRIOTIQUE.

1.

C'EST depuis long-tems que ma Lyre,
Amante de l'Egalité,
Préludait à la Liberté,
Dans son prophétique délire.
Ces jours prédits à nos neveux
Devancent et comblent nos vœux;
Ma Lyre n'est point mensongère :
Le SOUVERAIN reprend ses droits;
Et leur couronne passagère
Expire sur le front des Rois.

2.

Eh ! que peut une ligue infâme
De tous les brigands couronnés,
Contre ces peuples détrônés
Qu'un noble désespoir enflâme ?
O Couple trop fallacieux !
Que de complots séditieux !
Que d'espérances homicides !
Vous vous armiez de nos bienfaits;
Et vos mains, de carnage avides,
Nous payèrent par des forfaits.

3.

Grand Dieu ! je crois entendre encore
Tonner les bronzes en courroux !
Hélas ! sur qui tombent leurs coups ?
Un trouble mortel me dévore.
O jour de sang ! ô jour d'effroi !
Qui vaincra d'un peuple ou d'un roi ?
Mais déjà cesse leur tonnerre. . . .
L'affreux Despotisme a cédé :
Ç'en est fait ! du sort de la terre
Un seul moment a décidé.

4.

Soleil ! témoin de la victoire ,
Applaudis ces brillans essais !
Sois fier d'éclairer des Français !
Répands tes feux et notre gloire !
Que , sur leurs trônes chancelans,
Tous les rois pâles et tremblans
Craignent la même destinée.
Enfin les peuples ont leur tour ;
Et leur justice mutinée
Les venge d'un aveugle amour.

5.

Venez voir , conseillers sinistres ,
Un roi sans peuple , sans amis !
Vous seuls fûtes ses ennemis ,
Vils courtisans ! lâches ministres !
Où sont-ils vos secours vainqueurs ?
Il pouvait régner sur les cœurs,
Ce monarque faible !.... et parjure,
Il prétend régner sur des morts !
Vainement la pitié murmure :
Le ciel veut plus que des remords.

6.

Quelle est cette ombre épouvantée,
Louis ! qui frappe ton regard ?
« Malheureux ! reconnais Stuart
« A ma couronne ensanglantée.
« Hélas ! trop égaux en revers,
« Victimes de conseils pervers,
« Notre faiblesse fut un crime.
« Vois-tu l'appareil menaçant?. . . .
« Viens, viens. » Il dit; et dans l'abîme
Stuart le plonge en l'embrassant.

7.

Abus de la toute-puissance,
Tu deviens son fatal écueil !
Tu précipites au cercueil
Tout prince qu'un flatteur encense.
Néron même eut quelques vertus ;
On lui crut l'ame de Titus ;
Rome le nomma ses délices :
Et Charle, horreur de l'univers,
Avant le poison des Narcisses,
Cultivait les arts et les vers.

Charles IX.

8.

Je l'exhumai, ce misérable !
Je l'arrachai de son tombeau ;
Je le traînai jusqu'au flambeau
De l'Avenir inexorable.
Ivre d'un zèle généreux,
Je gravai sur son trône affreux
Son nom tout sanglant d'homicides ;
Et, mieux que nos faibles sénats,
De ce roi, fils des Euménides,
J'ai puni les assassinats.

9.

Si l'Égypte, école des sages,
Jugea ses rois ensevelis,
Que n'ont les monarques des lis
Subi ces antiques usages !
Ah ! quand il a perdu le jour,
De l'esclave de Pompadour
Si l'on eût dénoncé la vie,
L'horreur des crimes paternels
Eût à sa race poursuivie
Sauvé des complots criminels.

10.

Aux rois , aux peuples , à la terre
Nous avions tous juré la paix.
Les rois s'arment : ah ! désormais
Qu'ils tremblent ! nous jurons la guerre.
Soldats, esclaves des tyrans ,
Vous tomberez, lâches brigands,
Sous nos armes républicaines !
Plus grands que ces Romains si fiers
Qui donnaient au monde des chaînes,
Peuples ! nous briserons vos fers.

11.

C'est envain que le Nord enfante
Et vomit d'affreux bataillons ;
Leur corps est promis aux sillons
De notre France triomphante :
Deux sœurs, immortelles cités !
Thionville , aux murs indomptés ,
Brave et repousse leur furie :
Lille ! tes débris glorieux ,
De leur atroce barbarie
Sont fumans et victorieux.

12.

Des Beaurepaires, des Désilles,
La mort a prédit nos succès :
Venez, phalanges de Xercès,
Et nous aurons nos Thermopyles !
Plus heureux que Léonidas,
Le chef de nos braves soldats,
Avec l'Olympe auxiliaire,
Les chassera loin de nos murs,
Comme l'astre qui nous éclaire
Chasse des nuages impurs.

13.

Pareils aux flots de ces ravines
Dont le bruit sème la terreur,
Ils s'avançaient, et leur fureur
Méditait de vastes ruines.
Leurs vœux se disputaient nos biens ;
Du meurtre de nos citoyens
Ils ensanglantaient leurs pensées :
Ils ont paru ! mais ils ont fui,
Comme ces feuilles dispersées
Qu'Éole souffle devant lui.

14.

Oui, le ciel jura leur défaite ;
Le ciel arme les élémens.
Voyez sur les aîles des vents
La Mort qui poursuit leur retraite.
Envain couverts d'un triple acier,
Tombent en foule, homme, coursier;
Ils mordent nos plaines sanglantes,
Triste pâture des vautours,
Non-loin des villes opulentes
Dont leur espoir brisait les tours.

15.

O Renommée ! à ces nouvelles,
A ces prodiges que tu vois,
Prête l'éclat de tes cent voix !
Ranime tes rapides aîles :
Va, par un fidèle rapport,
Glacer la despote du Nord :
Conte au Danube, au Boristhène,
Que, vengeur de sa liberté,
Le Français, de Sparte et d'Athène
Surpasse l'antique fierté.

16.

Des Alpes jusqu'aux Pyrénées ,
Par-tout, sous les drapeaux flottans ,
Courent nos jeunes combattans ,
Ces ames de gloire effrénées.
L'Allobroge, amant de nos lois ,
Ouvre tous ses murs à-la-fois ;
Le Var nous a soumis ses ondes;
Et le Rhin , cachant sa terreur ,
Frémit, dans ses grottes profondes ,
De son impuissante fureur.

17.

La Seine, qui vit son rivage
Chargé de monarques épars ,
Y promène enfin des regards
Libres de rois et d'esclavage.
Belle Nymphe , honneur de Paris ,
Au sein de Neptune surpris
Roule ton onde souveraine ,
Et que tous les fleuves divers
Te reconnaissent pour leur reine ,
Dans le palais du dieu des mers.

18.

Quoi ! ressuscité par la honte,
Le reste de ces légions
Va chercher d'autres régions
Où déjà leur Mars nous affronte !
Pour tenter un nouveau hasard,
Armés de tout ce que peut l'art
Dont jadis Vauban fut le maître,
Les voilà fiers et menaçans !
Français ! la valeur doit renaître
Avec les périls renaissans.

19.

Non, non, rien n'est inaccessible
A qui prétend vaincre ou périr.
Ce cri, *vivre libre ou mourir,*
Est le serment d'être invincible.
Envain cent tonnerres croisés,
Grondant sur ces monts embrâsés,
Opposent trois remparts de flâme ;
Parmi ces orages brûlans ,
Chefs , soldats , prodiguez votre ame ;
Triomphez sur des corps sanglans.

20.

Ils l'ont fait. Le lion Belgique
A vu fuir l'aigle des Germains;
Il rugit, charmé que nos mains
Aient rompu son joug tyrannique:
L'ombre de nos seuls étendards
Fait tomber les tours, les remparts;
Bruxelles voit briser ses portes;
Et le souffle de nos guerriers
Précipite au loin ces cohortes
Qui menacèrent nos foyers.

21.

Mais vous, généreuses Victimes
Qui repoussâtes leur effort,
Vous ne perdez point votre mort!
Vos exploits furent légitimes:
Vos tombeaux sont parés de fleurs;
Un encens qu'arrosent nos pleurs
Vous suit jusqu'aux voûtes célestes;
Et Mars, dont le rapide char
Vous enlève aux Parques funestes,
Vous fait partager le nectar.

B.

22.

Ouvre tes portes immortelles,
Panthéon ! reçois ces héros :
Que sur le marbre de Paros
Y revivent leurs traits fidèles !
Que les chantres et les guerriers
Y ceignent les mêmes lauriers !
Et toi, dont je fus l'interprète,
Déesse aux accens belliqueux,
Liberté ! fais que ton poète
Y repose un jour avec eux.

23.

Mais que dis-tu quand tu contemples
Les honneurs vains et criminels
Des usurpateurs solennels
Dont la cendre envahit nos temples?
C'est trop respecter le néant
D'un roi cruel ou fainéant !
C'est trop révérer sa poussière !
Moins crédules que nos aïeux,
Abjurons cette erreur grossière
Qui les changeait en demi-dieux.

24.

Purgeons le sol des patriotes,
Par des rois encore infecté.
La terre de la Liberté
Rejette les os des despotes !
De ces monstres divinisés
Que tous les cercueils soient brisés !
Que leur mémoire soit flétrie !
Et qu'avec leurs mânes errans,
Sortent du sein de la patrie
Les cadavres de ses tyrans !

F I N.

B ij

DIVERS FRAGMENS

DU

POÈME DE LA NATURE,

Depuis long - temps insérés dans plusieurs papiers-publics.

B iij

DIVERS FRAGMENS

D U

POÈME DE LA NATURE,

Depuis long-temps insérés dans plusieurs papiers-publics.

CHANT DEUXIÈME.

. . . .

O DU POUVOIR suprême incroyables abus !
L'onde paye aux tyrans de serviles tributs ;
Le feu même est esclave, et l'air à peine est libre !
Quoi ! tes balances d'or ont perdu l'équilibre,
Ciel juste ! ... Ciel vengeur ! sur quel mont escarpé
Veux-tu me rendre enfin mon empire usurpé ?
De tout mortel qui naît la terre est le partage :
Dois-je traîner des fers dans mon propre héritage ?
Eh ! qu'importe de vivre à qui vit enchaîné ?
Quand sous un voile épais l'œil est emprisonné,
Que lui sert tout l'éclat dont l'Olympe se dore ?
Déesse des grands cœurs, Liberté que j'adore,
Ah ! que n'as-tu plongé dans l'horreur des enfers
Le premier qui reçut ou qui donna des fers !
L'homme à l'homme est égal : ô mortelle infamie !
L'homme a reçu de l'homme une chaîne ennemie !

L'un vendit l'univers par trop de lâcheté :
L'autre, plus lâche encor, crut l'avoir acheté.
De quel droit, trahissant les droits de la nature,
Trafiquait-il le monde et la race future ?
Sur le choix de nos fers étions-nous consultés,
Nous, de si loin encor par le joug insultés ?
Non, non, tous les mortels ont une ame rivale.
Quoi! du ver au ver même il est un intervalle !
Quoi! le reptile a dit au reptile étonné :
Sois esclave : obéis à ce front couronné :
Je règne !. . . . Ainsi parlait du faîte de son herbe,
Plein de fange et d'orgueil, un insecte superbe.
Ce globe est un atôme où rampe avec fierté
L'insecte usurpateur qu'on nomme Majesté.

. . . .

AUTRE FRAGMENT,

Tiré du même Chant.

Oui, le métier de roi veut pour apprentissage
La leçon du malheur et le conseil du sage.
Si, dans son sein de fer, la dure Adversité
Ne sevra quelque tems un prince trop flatté,
Il flétrit ses aïeux ; il usurpe le trône.
C'est en vain que, paré d'une triple couronne,
A des peuples tremblans il impose sa loi ;
S'il n'a point fait d'heureux, il n'est pas encor roi.

La voilà l'huile sainte ! et l'infaillible marque
Qui doit seule à mes yeux consacrer un monarque.
Le trône a ses devoirs ; *le plus fier Potentat*
N'est que l'agent du peuple et l'homme de l'Etat.

 Quand sur un bouclier, dans les champs de la gloire,
Nos pères belliqueux, ces fils de la Victoire,
Élevaient un soldat en invoquant les cieux,
Ce roi, né leur égal, eut-il d'autres aïeux
Que son cœur et son bras, ses vertus, son courage ?
D'une gloire étrangère il aurait fui l'outrage ;
Il devint son ancêtre ; et son autorité
Eut le dépôt des lois et de la liberté.
De ses devoirs sacrés s'il a perdu la trace,
S'il n'a d'autres vertus que l'orgueil de sa race,
Qu'il ose remonter sur l'antique pavois,
Et de nos fiers aïeux redemander les voix.
Leurs ombres frémiraient de se donner pour maîtres
Ces rois, qui n'ont de roi qu'un trône et des ancêtres.

 Tyrans, disparaissez ! malheur au souverain
Dont l'orgueil s'appuîrait sur un sceptre d'airain !
Un roi serait plus grand s'il voulait moins prétendre ;
Si, plus digne du trône, il osait en descendre :
Citoyen couronné, roi sans garde et sans cour,
Monarque par la loi, souverain par l'amour.

. . . .

A U T R E   F R A G M E N T

s u r

C H A R L E S   I X,

Tiré aussi du même Chant.

L'huile sainte a coulé sur des têtes profanes.
De Charles Neuf encore on déteste les mânes.
L'inexorable Histoire exhumera ces rois
Vainement arrachés à la rigueur des lois.
O Charles ! il est tems que le crime s'expie.
De ce tombeau royal sors, sors, cadavre impie !
Oubliais-tu ce jour exécrable à jamais,
Et ce deuil éternel de l'empire français ?
Aux accens de l'airain sonné par les Furies,
Toi-même déchaînas toutes leurs barbaries.
Vois ce Louvre encor teint d'un massacre odieux,
La Seine regorgeant de meurtres sous tes yeux,
Et ce tube enflammé, complice de ta rage,
Et ton affreux sourire insultant au carnage.
Roi-bourreau ! criminel de lèze-humanité,
Qu'oppose à ce forfait ta vaine majesté ?
Tes gardes, tes flatteurs, ta couronne est en poudre :
Rien ne peut te défendre, et rien ne peut t'absoudre.
Contre ta Nation lâche conspirateur !
Devant tout l'Avenir mon Vers accusateur
Traîne sur l'échafaud ta mémoire insolente,

Du meurtre de ton peuple encor toute sanglante,
Et sur ton trône affreux je grave de ma main :
De ses propres sujets Charles fut l'assassin !

AUTRE FRAGMENT

SUR

LES MINISTRES DISGRACIÉS,

Tiré du premier Chant.

. . . .

Les grottes, les côteaux, les bords d'une onde pure
Sont les temples secrets qu'habite la Nature.
Oui, c'est là que, fuyant les profanes mortels,
La Déesse a porté son culte et ses autels :
Elle y prête à nos mains ces instrumens utiles,
Ces armes du Travail qui rend nos champs fertiles.
Eh ! qui peut dédaigner ses sublimes leçons ?
Qui de nous peut rougir de cultiver ses dons ?
Quand Rome a vu ses fils, les souverains du monde,
Ou conquérir la terre ou la rendre féconde ;
Quand Mars à Chantilly, sous les traits de Condé,
Descendant de son char par la terreur guidé,
Venait, de cette main qu'ensanglanta Bellone,
Ranger un espalier sous les lois de Pomone,
Où penchant l'arrosoir entre ses bras vainqueurs,
Expiait le carnage en cultivant des fleurs.

Ministres! qui lanciez des foudres infidèles,
Aigles, dont le tonnerre a consumé les aîles,
Favoris, qui tombez du sommet des grandeurs,
De Palès et des Rois comparez les faveurs.
Le sort qui vous flattait vous insulte et s'envole;
D'un peuple adorateur vous n'êtes plus l'idole;
L'orage a dispersé vos fragiles amis,
Et votre œil ne voit plus que des yeux ennemis.
Laissez à vos jaloux leurs disgraces prochaines:
Seriez-vous assez vils pour regretter des chaînes?
Vous fondiez le bonheur sur un glissant écueil.
Vos destins si vantés dépendaient d'un coup-d'œil:
Vos fronts touchaient l'Olympe; un souffle du caprice
Détruit de vos grandeurs tout le frêle édifice.
Ah! sont-ce de vrais biens qu'un souffle peut ravir,
Ou qu'on ne peut goûter qu'en daignant s'asservir?
Qu'est-ce qu'un favori si fier de ses entraves?
Le second des tyrans, le premier des esclaves.
Dans un triste palais avec pompe enchaînés,
A l'envie, aux flatteurs par état condamnés,
Il vous fallait gémir dans les nœuds de l'intrigue,
Au sein de la mollesse expirer de fatigue,
D'ennemis caressans tromper l'œil dangereux,
Pour feindre le bonheur oublier d'être heureux,
Et voués sans relâche aux chagrins politiques,
Souffrir d'un maître altier les dégoûts despotiques.
Que d'inquiètes nuits! que de pénibles jours

Perdus dans ce torrent des orageuses cours !
Dans ce vain tourbillon où l'on respire à peine,
Dans ce bruyant dédale où l'Envie et la Haine,
L'Ambition, l'Orgueil, la Vengeance, l'Amour,
Divisés d'intérêt, se croisent tour-à-tour,
Vous n'aviez point vécu ! votre ame va renaître ;
Vous serez sans flatteur, mais vous serez sans maître.
Au lieu de ces grandeurs, piéges des souverains,
Palès vous offre encor des jours purs et sereins,
Le tranquille sommeil, l'amitié, l'abondance,
La paix, les doux loisirs, la noble indépendance.
Ces biens, que la faveur n'eût pu vous obtenir,
Le courroux vous les donne en croyant vous punir.
La Fortune, en fuyant, vous cède à la Sagesse ;
L'oubli des faux trésors sera votre richesse.
L'aveugle Ambition sut trop vous éblouir :
Réparez vos destins ; apprenez à jouir.
Quelque soit des grandeurs l'écroulement funeste,
Le sage ne perd rien : la Nature lui reste.
Palès vient en riant le couronner de fleurs ;
C'est aux rois, aux rois seuls qu'il donne encor des pleurs.
Superbes malheureux qu'asservit leur couronne,
Et loin de la Nature exilés sur le trône !
Quittez ce rang fatal, cette Cour, ces lambris ;
De vous-même en secret rassemblez les débris,
Et du faîte orageux de ces temples profanes,
Descendez sans rougir vers nos humbles cabanes :

Le sage vit heureux à l'ombre de nos bois.
Exilez de vos cœurs le souvenir des Rois.
Loin du servile éclat qui suit les diadêmes,
Soyez hommes enfin ; soyez rois de vous-mêmes :
Honorez vos malheurs ; rendez grace aux revers ;
Et la foudre, en tombant, n'a brisé que vos fers.

Nous citerons encore ces vers du troisième
Chant, composés il y a plus de trente ans.

Rome ne voyait point et Gallus et Catulle
Fatiguer d'un palais le triple vestibule :
Ils portaient un front libre à la cour des Césars,
Et n'avilissaient point la majesté des Arts.
Malheur à l'écrivain, né pour l'ignominie,
Qui prodigue aux tyrans l'hommage du génie !
Pourquoi ce vil essaim de livres sans vigueur ?
Pourquoi de tant d'écrits l'uniforme langueur ?
C'est que tous sont tracés par des plumes esclaves.
Le joug est dans les cœurs, et l'ame a des entraves.
Tout poète qu'enflâme une sublime ardeur,
S'abaisse rarement jusques à la grandeur.

F I N.